**김병찬** 시집

# 하늘사랑

국립중앙도서관 출판시도서목록(CIP)

하늘 사랑 : 김병찬 시집 / 김병찬. -- 서울 : 한누리미디어, 2009
    p. ;   cm

ISBN  978-89-7969-359-1  03810 : ₩7000

한국 현대시[韓國 現代詩]

811.6-KDC4
895.715-DDC21                          CIP2009004085

# 하늘사랑

김병찬 시집

한누리미디어

# 추억은 살아 숨쉬는 것

새로운 한 해가 열리고 추웠던 가슴도 살짝 녹이는 계절에 이렇게나마 다가설 수 있다는 것이 나에게는 작은 기쁨입니다.

시간의 흐름 속에서 지난 시절을 돌이켜 볼 때 세월이 빨리 지나감을 우리는 느끼고, 벌써 이 나이가 되었나 하는 생각을 할 때 문득 알 수 없는 그리움이 지나갑니다.

아름다운 시로 승화하고 싶었고 잠들어 있는 내 영혼을 깨우고 싶었으나 경제적으로 한 번쯤 고통을 겪는 우리들은 사는 게 지쳐 있지 글을 쓴다는 것이 쉽지 않음을 느끼게 합니다.

바쁘게 앞만 보며 살아 왔기에 잠들어 있는 감정을 이제 펼쳐야 할 때가 아닌가 생각해 봅니다. 우리 나이에 다들 가정이 있기에 순수함과 거리가 멀겠지만, 잠들어 있는 감정을 흔들어 깨울 수 있고 누군가에게 다가갈 수 있다면 참으로 아름다운 축복의 기쁨이겠지요.

이 시를 쓰면서 부족한 점도 많고 그 한계를 극복하기 위해 술을 마시면서 고민도 많이 하고 또한 많이 했지만 내가 가진 행복의 시를 사람들 가슴에 조금이나마 닿을 수 있고 감정을 일깨워 줄 수 있다면 그런 것들이 아름다운 결실이 아닐까요.

나이가 들어가면 감정도 메말라 가는 것은 사실입니다.

내가 지금 어디쯤 와 있는지, 어떤 어려움에 처해 서성이고 있는지 모를 때도 많으나 주로 우리는 지쳐 있고 고독하며 무의미합니다.

지나간 시간 속에 추억을 더듬어 보고 봄이란 새로운 계절에 희망이라는 단어를 수첩에 옮기며 시작하면 어떨까요. 새싹이 돋아나는 계절은 부푼 마음을 가져다 줄 것입니다.

마지막으로 이 글을 읽는 모든 분들에게 감사의 말을 전하며 가정에 늘 행복이 함께 하길 바라고 싶습니다.

2009. 12

양주에서 저자 識

하늘사랑 _ 김병찬 시집

책머리에 • 8

# 제1부

차례

제2부

하늘사랑 _ 김병찬 시집

# 제3부

# 차례

# 제4부

제1부

# 파도

거대한 파문이 열린다
물결의 건반이 거침없이 퉁겨져
암초를 깎아낸다

비린내 나는 바다의 손질이 자유를 시원하게 부른다

찌들어 있는 도시의 탈출구
바다의 다리를 붙잡아 오라고
먼지 가득 뒤집어쓴 파도가
도시의 머리를 툭툭 친다

꽃 같은 세상 가꾸어 놓으라 부채질한다

저 산보다 높은 파도를 보고 싶었고
바닷가 모래알에 정겨움을 걷고 싶었고
맥박 뛰는 그리움의 심장에 알을 낳고 싶었고
못다한 말들…
갈매기 끼룩끼룩 파도에 인사하고
바닷물이 쓸려 나간 갯벌에서
심장 뛰는 소리가 난다는 것을 알았다

도시를 밀어 올린 바다
나와 바다도 한 몸이 되었다
파도의 이웃도 뭍과 물의 경계에서 출렁이는 것일까
파란 점 하나 빠트리고 살 때는
도시의 바다를 탈출하고 싶다

# 봄바람

눈밥 휘말려
허벅지 꼬여 낸 속셈

꿀맛 잡으러 가다
전봇대 못질한
이마빡
별은 허깨비
거추장스런 욕심 달았다가
쓴맛 댕겼다

꼬리치는 봄바람
맥 못 추는 허공에 심장

# 술

술 술 하다가
술 술 넘어 갈지 모르지만

쉬 쉬 하다가
쉬 하면서 넘어 간다지요

하 하 웃다가
하도 즐거워 입방아 찧으면

막힌 가슴 뚫어주고
얄미운 기운 넘쳐나니
요것이 세상 사는 재미라
이맛살 팽팽이 잡아 준다 한다지요

술, 절로
쉬, 절로
하, 절로

# 봄날

여린 새싹이 자라나
생명에 꽃을 피우면 사랑이겠지
구름으로 채운 여운도
바람을 걸치고 나면 피어나겠지

땅 끝 울리는
분주한 느낌을 보았다

서글픔도 함께 나눔이
새싹 보고 느껴야 하는데
얼어붙은 가슴 녹일 줄 모르는
도둑에 발 빠른 모습을 보았는가

걸고 넘어져야 하는
움직임

가난함에 온정
가난함에 손질로
가난함으로 움켜 쥔 봄날

어울려 피는 세상
정겨운 물감 풀어서
빗줄기 내리는 하늘 흔들고 싶었다

참지 못한 날개는 궁덩이를 깔았지
가려운 시간 속으로

# 40대의 동갑내기

지극히 평범하지 않는 나이
젊음을 가꾸려다 망친 나이는 아닌가!

내 얼굴 주름지고
내 성격 털털해지는 것을 보니
펑퍼진 웃음 담아
술잔의 깊이를 재고 싶은 친구가
그립다

내 나이의 발견은
너의 나이를 보고 있어

조그만 손 내밀면
부드러운 눈길 보여주는
그 세월 쓰다듬는
녹슬은 심상 손질이 되는데

파먹고 있는
우리의 나이가
비로서 술잔이 거들어 준 거

깨지 않으려는 취객의 향방인가!

묘연한 기색 앞에
넘나든 술잔이
하나 된 친구 의미를 부여 받는다

강물 같은 긴 세월 굽이치고
그 여백 채우지 못해
한 풀 수그러진 의지는

상대를 위한 배려로
상대를 위한 고운 손길로
인연의 길 따라
거친 세상 잠재우고 달려 나선다

# 주전자

남자의 몸뚱아리에는 누구나 주전자를 하나씩 차고 다닌
다 어린아이 때는 주전자가 물이 새어 보온 주전자지만 성
년이 되면 물을 끓일 줄도 알고 꽃을 찾아 물주는 기법도
알게 된다 주전자는 모든 꽃들의 향연에 대상이 되어도 단
하나의 물 줄 꽃을 찾는다 주전자가 다른 꽃과 번갈아 물
을 줄 때는 화단이 무너져 내려 복구가 쉽지 않아진다 꽃
이 시들시들하고 자라나는 꽃망울은 잡초에 섞여 남의 집
담벼락에 기대게 된다 주전자의 물 성분은 늘 고여 있어
찌꺼기는 버리고 걸러 낸 물은 꽃을 가꾼다

활짝 핀 꽃일수록 주전자의 물은 넘쳐나는 것일까
불에 달아오르는 주전자는 내뿜는 물줄기의 씨앗일까
꽃내음 짙어 팽팽하게 열을 가한 주전자는 늘 물을 주어
꽃과 하나가 되며 꽃이 시들어 말라 비틀어질 때까지 주전
자의 물을 먹는다

# 초복

계절에 입맛을 찾지 못해도 탕탕
발작 일으켜 콧날이 서도 탕탕

보신탕으로 쏠까
삼계탕으로 쏠까

뱃속의 둘레 재고 나서도 탕탕
총대 멘 사나이의 가슴에도 탕탕

망설이다 쏠까
조급하게 쏠까

탕탕 쏠 찰나에 날아든 파리
파리 잡으려다 오발탄
음주 사냥꾼인 식당주인 선제공격을 한다
탕탕탕탕탕
사람 넷인데 보신탕 6인분 쏴댄다

총대 멘 사나이를 쏜다

# 행복의 준비

떨꺽떨꺽, 아침밥 뜸들이는 소리가
주인을 깨운다
나는 눈을 번쩍 떴다

맏아들로서의 나
가장으로서의 나
직장인의 하나로서의 나
친구로서의 나
이웃으로서의 나

한꺼번에 골고루 차려진 식탁 반찬처럼
양파 껍질 벗겨내는 일상의 문턱에
내 이름표 하나 턱 붙어 있어
시원한 밥 한 그릇 뚝딱, 아침이 새록 열린다

# 구름자동차

뻥 뚫린 하늘 위로 구름자동차가 달려간다
황금 빛깔의 저 들판과
단풍으로 달아오른 저 산을 지나면
강은 들러리로 서있다

구름자동차가 붕붕 소음을 내며 달린다

산봉우리는 소음을 지우려고
산자락을 접어 귀를 막는다
구름자동차가 쌩쌩 하늘 길을 달리다가
벼랑의 경계를 넘는다

바람이 하늘을 밀고 갈 때는
구름자동차는 새들의 삼엄한 호위를 받으며 달린다
새들의 날갯짓에 잘려 나간 산봉우리를
노을이 달려와 냉큼 감싸 안는다

붕붕 구름자동차가 노을을 척척 접어 하늘로 날려 보낸다

# 간판

도시는 화려한 문구들로 빽빽이 차 있다
발광하는 네온사인은
건물 벽 허공을 돌며 깜빡깜빡 사인을 보낸다
후끈 달아오른 도시 일대는
깜빡이는 거리의 눈 잡아오라고 한다
섭씨 온도 100도의 눈불
삭제 불능 빨간 불이
건물 벽을 타고 들어간다
진돗개 2개 공습경보를 발령한다
쌓아둔 속앓이가
도시의 턱을 깎고 나섰다
한 가닥 노는 불빛
의식의 광채, 숨통 열어 보라고
지난 밤 겨우 달랬던 시간이 반짝인다

# 은행나무

한 그루 나무가 금관을 썼다
왕이 된 은행나무
바람이 툭툭 금관을 벗기려고 한다
반짝이던 금관이 새떼의 공격에
금부채로 떨어진다
사랑을 그려내지 못했던 잎새
사랑보다 금관으로 모셨던 삶이 아팠는지
땅 위에 떨어져도 잘 썩지 않는다
금부채는 저 하늘의 날개 펴지 못하고
나비 떼인 양 들판으로 날린다
벼가 금관을 썼다

# 바나나

우리 자랄 때 귀하던 바나나가 시중에 뭉텅이로 판다
바나나의 긴 동행이 리어카 상판에서
옷 솔기 내리내리 입는다

겉 살 까무스름히 변한 나는
한 쪽 귀퉁이에 야구 글러브 모양새를 하고
시간의 몸통에 날개 단다
거리의 사람들은 나를 만나면 입맛 다시느라 여념이 없다

허리 굽은 먼 산이 병풍 같은 등줄기를 이루고
우리가 자란 땅 여기라고 손가락질 한다
우후죽순 건물처럼 솟아오른 바나나 꼭지
만만치 않은 세상 켜켜이 몸을 일으키다
도시의 허물 벗어 버리고 싶은 나는 분명 남자다
최고의 뚝심 뽐내고 싶어
꼿꼿이 서있는 나는 남자의 전형적인 모델이다
속 맛은 혹시 여자가 아닐까
나는 남성성 뽐내고 싶어 리어카 상판 위에 꼿꼿이 선다

속 맛, 여자라면

나의 겉멋은 확실한 남자다
한 때 엄두도 못 내던 바나나는 지금 제 몸값을 내리느라
분주하다
리어카 상판 위의 나는 도시를 한 손에 움켜쥐려
글러브를 편다

# 외박

평계는 거대한 우주정거장이다 가는 길이 정확하지 못해
둘러 가는 길 염두해 두지 않아도 발상의 에너지는 최고의
상태로 공급한다 시시각각 변하는 에너지는 우주정거장에
서 만들어 낸 광채의 힘, 접촉사고 없는 우주정거장에는
무덤이 없다 사람들은 우주에다 평계의 알을 낳는다 그 알
은 지구상에서 부화를 하다가 하나의 생명체가 되기도 전
에 무덤을 만든다 심장은 뛰어 우주정거장을 넘어간다 하
나의 생명체가 살지 않는 우주정거장에는 잠시 쉬어갈 뿐
이물질을 지구 밖으로 제거하려고 심장을 통통 두드린다
우주를 돌아 착륙 지점인 지구에는 이미 우주 속으로 들어
가 우주의 힘을 빌린다

# 독선

누가 돌덩어리를 깨고 싶은가
누가 싸구려 보따리 세상 짐 풀고 싶은가
하늘터로 달려가 뻥 뚫린 곳 땜질한다
잘못 세운 기둥 하나
속이고 속여
엷은 햇살 가로채어 갔다

다섯 놀이개의 단단한 이빨도
방어벽이 되지 못해
평탄한 세상
썽둥썽둥 가위질하지 않았는가
너로 인해 저질러진 분노
터진 심장 달고 강 건너 뛰쳐 나가
묵묵히 지켜봐야 할지
한 치 한 치 타들어 가는 세상이 절망적이다

# 동굴의 섹스

석순의 흔들림은 부처의 몸짓이다 동굴이 내쉬는 숨소리
가 산을 타고 넘어가 마을 어귀로 접어들고 있다. 산과 산
이 어우러져 두 개의 봉분을 이루고 봉분과 봉분의 골이
깊을수록 산은 아름다운 것이다 수직의 동굴 안 깊숙이 들
어가야 찰박찰박 음수 솟는 소리를 들을 수가 있다 우뚝
솟은 석순의 힘이 동굴의 음부를 가볍게 천상으로 밀어 올
리는 것이 보인다 동굴의 음부가 불경에 닿아 있다 동굴
깊숙이 들어간 박쥐의 발정이 불경의 습기를 말린다

천년을 꿰맨 염주 한 알, 여기가 궁전이니 쉬어가라고 한
다 석순의 불꽃이 화엄으로 피어나 열매를 맺고 그 석순의
열매는 환하고도 어둡다 빛과 어둠이 쩍쩍 몸을 비빌 때
부처가 부처를 잉태하는 것을 볼 수가 있다

제2부

# 잎새의 장난

가을 길로 바스락대며 걷는다 에이스 비스킷 씹히는 소리
내 심장 한 모퉁이가 쌉쌀한 맛을 느낀다 쉴 곳이 없어 그
물에 걸린 사슴처럼 바동거려야 했던 저 하늘의 묵은 기억
들 통찰하지 못한 나뭇가지의 질책은 보호막 없이 잎새로
나부낀다 계절이 깊어지면 떠나야 하는 것을 섣불리 잎새
는 팔랑댔는지도 모른다 몸부림으로 앓고 있는 계절 아스
팔트로 속속히 떨어진 잎새는 악보를 그려낸다

쉼표 없이 건성으로 지나칠 수 없었던 노래 무리수를 둔
바람이 아스팔트로 홀가분히 날아와 노래 부른다

저마다 둥둥 드럼 치는 심장소리는 잎새의 거듭된 시위 떠
나는 계절의 노래일까 잔상으로 남은 기억 바람이 손짓하
면 잎새는 오선지를 건드린다

# 빈 집

쪽 뻗은 나무 숲 좁은 길이 통나무 계단과 만나고 있다 까
치 한 마리 가파른 통나무 계단을 통통 뛰어오르다가 훌쩍
고로쇠나무 가지 위 빈 집으로 날아오른다 햇살이 빈 집 위
를 서성이다가 민망히 나뭇잎 사이로 뛰어 내려와 좁은 길
과 통나무 서로 닿기 위해 팔을 길게 뻗으려 애를 쓰고 있
다 나무 뿌리는 땅속 깊은 곳에서 서로 얽혀 있는지 당당하
다 키 큰 소나무는 그들 위에서 이마를 맞대고 있다 솔향이
나의 목 줄기를 지나 내 몸 안의 빈 집을 흔들고 있다

# 새처럼 날 수 있다면

내 몸에 새 한 마리 있다 날지 못하는 새, 하루가 멀다고 쌍 방망이질하는 심장의 정체는 뙤약볕에 구구구구 날개 꺾인 새처럼 먹이를 찾아 떠난다 비 오는 날이면 파드닥 날개 치면 물기 말리는 새 평지에서 날개를 단 하루가 숨가쁘다 숨소리는 날개 달고 바람에 각도에 맞춰 내 몸에 키를 꽂는다 움츠린 가슴 마찰을 일으키려고 구름 낀 하늘 날갯짓으로 휘휘 저어 본다

뻗어 오르는 가지는 새의 보금자리일 테니까
구름 같은 하늘에 재료가 있어 날고 싶어 할 테니까

새의 먹이는 구름 속에 숨어 있어 새끼는 둥지에서 제 몸 사이즈를 재고 내 몸에 쉬어가는 앵무새, 날개 펴지지 않아 심장 소리는 되풀이한다 내일 모레도 찜통의 햇볕은 짹짹대는 새끼들을 쬐이겠지 둥지가 좁아 내 몸에는 새 한 마리 꿈틀댄다

구구구구 X파일= 81, 수척해진 날개의 힘, 새 한 마리 날지 못해 구구댄다

# 바다 같은 하늘

새파란 하늘이
마치 바다로 보인다

구름섬
연 같은 갈매기
햇살 일렁이는 파도
비행기로 떠가는 유람선

나는 바다를 항해하는 선장

# 여성

화장기 있는 눈매
누드 핑크 립스틱 바른 입술
만두 같은 귀
오뚝 세운 버선코

머릿결 잡아 끄는
나비귀걸이
껴안은 목 풀어지지 않는
열쇠목걸이

멜론에 띄운 건포도
풍만한 가슴까지
머릿속 아물아물 그리다
훑고 지나간다

그녀 몸속에 숨겨진
자물쇠
그녀 가슴에 꽃 하나 심으면
저절로 풀리는 자물쇠

# 유혹

사람 몸에는 사과가 있다 얇은 옷을 감싸며 걸어가는 뒷모습은 잘 익은 사과와도 같아 한여름 바닷가로 몸을 맡긴다 폭염에 바닷가는 이미 과욕으로 일컬어 빨갛게 달아올라 꽃무늬로 포장한 사과로 넘쳐나고 있다 작은 것부터 큰 것까지, 꼭다리 있는 사과와 없는 사과는 구분되어 씻어 말린다

사과 꼭다리를 마르지 않게 수시로 간수하는 것은 비타민 A가 첨부된 사과의 맛과 같다

꼭다리 없는 사과 비타민 B는 탐스러운 유혹의 본질인지 훑어보고 한 입 먹고 싶은 계기의 발단이 된다 사과 A와 사과 B를 혼합하게 되면 사과 C를 만든다

그 탐스러운 사과를 베어 먹고 싶은 과욕 여름 바닷가 모래사장에는 사과밭으로 보인다

# 2010년의 시작

얼마 있으면 마흔 일곱
잎새 하나 바람에 떨어져 날아갑니다
한숨만 부쳐 나오는 이 겨울
희망의 그림책
계획의 수첩
가난해도 흐리지 않았던 유리창에는
뿌옇게 낀 이끼가 서려 옵니다
사랑하던 날들
모닥불 핀 겨울날의 밀어
그릇된 젊은 날의 비웃음이라도 하듯
이 겨울 칼바람이 볼때기를 때리고 지나갑니다
가난과 타협하지 못한 사람들
어떤 늙은이로 남으려고
맑지 못한 두 눈에는 또 한 해가 찾아옵니다

# 마찰

내 몸이 쉬어갈 수 없는 하루
암호 하나 해독한다
꿈틀거리는 심장이 다그치기에
점점 커지는 박동 소리에 균형을 잃고
머리 꼭대기로 올라와 암벽을 타기 시작한다
숨소리조차 허락하지 않는 어지럼증
갖가지 영상물이 슬로모션으로 비쳐 온다
천 마리의 낙타를 탄 모래사막의 산기슭을 지나
백 마리의 뱀이 모여 굽이치는 강을 지나
수십 대의 헬리콥터 프로펠러가 하늘을 맴돌다가
신형무기를 싣고 내 머릿속을 점령한다
S.O.S
위험 물질을 없애야 한다
빠르게 눌러대는 암호 해독
심장에선 암호 하나가 해독 완료
마침내 나는 그와 협상에 들어간다

# 거북이

그대는 나의 벗
태평양 바다를 건너왔을 거야
내 생애 항변하는 절규로 날 구하러 왔을 거야


오장육부가 진공상태에 이르러 뜯겨져 나갈 때
온갖 싸맨 짐 너의 등짝에 실어주는 생을 보았지
수명 긴 벗으로 인정받을 만하다
벗이란 아무나 될 수 있는 자격이 아니지
토끼를 비유하자니 눈치 빨라 도망 다닐 것이고
호랑이를 비유하자니 물어뜯기를 좋아할 것이고
늑대를 비유하자니 못 잡아 먹어 안달이 날 것이고
벗이 될 수 없기에 헐뜯고 도망가는 것 봐라
벗은 보도블록 깔아 논 거북이 등짝 같아 길이 편하다


먼 시간 걸어왔다
스스럼없이 머리 쳐든다
기댈 수 있는 등짝이라 거북하지 않고 한결같다


토끼처럼 귀 쫑긋 약삭빠른 놈과 친구할래
호랑이처럼 우락부락 험악한 놈과 친구할래

김병찬 시집

늑대처럼 언제 돌변할지 모르는 놈과 친구할래
벗 하나 만나 만고의 세월 간직하기 쉽지 않다
곰팅이 같고 느릿느릿해도 내 생애 최고의 나의 벗

# 회 한 접시

보약보다 더 짜릿한 맛
12월에 찬 기운
두들기고 마시는 광어회 한 접시
술 한 잔 달콤한 심정 녹였더니
사랑의 술잔이 보인다

상추를 깔아서
회 한 점에
마늘과 야채 듬뿍 넣어 오무려서
초장 찍었다
하마 입맞춤 소리인가
아!
달려오는 안주 소리
쏘옥!

나만의 닭살이 돋아났지
방금 화장실 갔다 손 안 씻은 손
안주 싸준 의미는
사랑이라고
샛눈 지그시 감고 맛짱 나네

내 손이 흐뭇해 부끄러운 맘 더듬는 것인가

깔깔! 호호!
이 세상 날려 보내고 싶었다
회 한 접시에 술이 취한다
사랑도 취한다

# 첫눈

뻥 뚫린 하늘
눈꽃 핀 세상에 덮여
한 뼘 자라
두 뼘 자라난 순백

깔빼기
딱지먹기
자치기
사방놀이

언 발에 녹고 녹인
배 깔던 땅

외쳐!
고갯길 깎아 낸
흔적!
사뿐히 추려 놨던 하얀 길

눈길 시린 맘 알까나
발맘발맘 재어 가는 첫눈

김병찬 시집

# 노숙자

아파트가 나를 버렸는지 노숙할 곳이 마땅치가 않다 층계
에 엎드린 내 등 위로 지하철이 지나가도 꿈쩍 않는다 뼈
마디 쿡쿡 쑤시는 시간이 노숙자의 시체인양 시멘트 바닥
위에 널브러져 있고 생의 양극이 성에 낀 두 손을 꼿꼿하
게 치켜들고 있다 동상에 걸린 겨울이 하룻밤 노숙할 곳을
찾는다 노숙자가 쥐고 있는 찌그러진 양은 냄비에 아득히
떨어지는 동정들, 동정에 상처받은 나의 동정이 무참히 쓰
러진다 이제 지하철은 노숙자가 노숙할 곳이 아니다 오직
가진 자들의 발바닥일 뿐이다

49

# 불면의 밤

당신의 깊이는 숨겨져 있다 극에 다다른 성격 당신이 장악
한 무대는 꺼질 듯 꺼지지 않고 침묵으로 일관한 성격 탓
에 주위가 불꽃으로 피어 타 버린 숯덩이 내 심장의 칼질
로 속을 긁어도 당신 깊이에 빠져든다

당신과 만남이 일상이지만 하늘로 타고 오르는 암벽 누가
이 지상에 와르르 무너져 내린 당신을 저렇게 짓밟아 놓았
을까

당신 분위기에 고조되다 보면 짓눌려 오는 통증만이 느낀
다 신원조회가 불확실한 당신 언제 악의 구렁텅이로 빠질
지 몰라 곁에 기대지 못한다 당신 분위기에 둘러싼 충동질
늘 경계하지만 서슴없이 내 심장을 요동질한다 지난날 장
벽에 휘말려야 했던 나는 당신이 제공한 무대에서 서 있다

김병찬 시집

# 고독

불꽃 피는 시간 속에서도
단절된 영혼과의 만남이 발생된다
캄캄한 벽으로 무너져 내린
감금된 뇌의 손상
형상이라는 것은 모조리 짓밟고
뇌 속에 가두어 둔 식별되지 않는 기운이
응고되어 얽어맨다
침묵할 수밖에 없는 긴긴 밤
만날 사람과 담쌓기를 시작한다
누구의 부축 없이도 스스럼없이 빠져든다
누가 이 지상에서 어둠과 담쌓기를 시켰을까

# 눈꽃 천사

깊은 산 속 눈이 내리고
눈 속에 꽃이 피어
나타난 당신은 눈꽃 천사입니다

하얀 눈 위로 당신의 선한
모습 보이고
내 손 잡으면
기쁨과 행복이 넘칠 것처럼 보여
순수한 사랑 열립니다

눈부신 햇살에 비춰진 가련한
천사의 모습은
꽃이 되어 떨고 있지만
모진 바람에 견디어 내야 하는
아픔이 있습니다

어디서 부는 바람인지 몰라도
설탕처럼 고운 빛깔 위에
순백한 사랑 만들어 내려는
그 의지는 강하고 견고합니다

눈 위에 그려진 발자국 위에
세상 열리고
그 길을 걷다 보면
발버둥치는 바람만 머물 뿐
설풍 머금고
피어난 당신은
나를 향해 반짝입니다

눈 속에 활짝 핀 당신은
이 세상 모든 눈 다 녹아 내려
강물이 되어도
내 손길 잡아주며
묘연한 사랑 피어납니다

겨울의 풍상 속에서
숨은 당신의 사랑 여미며
내 뒤안길 행복 열어주는
당신은 나의 눈꽃 천사입니다

제3부

# 신문보도

집집마다 담장이 높아도
신문보도는 담을 뛰어 넘을 것이다
사막의 모래알이 태양에 구워 오아시스를 만들고
오아시스에 쌓인 먼지는 새가 되어
지붕 위로 날아다닐 것이고
여름의 담장 밑에 발자국 소리를 낼 것이고
담장을 뚫고 들어와 세상의 기침 소리를 낼 것이다
쉬쉬, 새어 나온 시간의 바람 소리는 뿌옇다
분리수거 되지 않은 쓰레기들이 마스크하고
자신을 살인자라고 TV에 광고할 것이고
청도 소싸움 대회는 대성황이라고 보도할 것이고
찰칵찰칵 플래시 터지는 취재의 열기로 극성일 것이다
취재기자는 노루처럼 껑충껑충 뛰어다녔을 것이고
갑각류처럼 촉각 세웠을 것이고
플래시 터트린 기자의 눈빛이 작은 암실에 실렸을 것이다
TV 화면은 신문보도를 뛰어넘을 것이다

# 호 해줘

눈길 걷다가
그만 엉덩방아를 찧었어요
길 가던 사람이 웃어요
내 친구도 고것 샘통이라고
깔깔대며 웃어요

사람들은 참 이상해요
누가 넘어지면
아프겠지 보다는
무심코 웃어대지요
넘어진 사람은 창피하다고
아픈 걸 무릅쓰고
빨리 일어나려 용을 쓰지요

남 넘어진 게
그리 재미가 있을까요
내 친구가 미워요
길 가던 사람이 미워요

# 부부

내 하나뿐인 사랑이여
그대 등짐 풀어주지 못하고 걸어온 세월이여
느릿느릿 맨살 갉아먹은 얼굴에서
반란을 일으켰던 젊음 쏟아낸 그대 숨소리를 느낀다오

화장대에 쩌억 금이 간 누룩뱀 같은 살결이여
내 사랑의 뺏지를 단 한 솥밥 친구여, 동반자여
심장의 갈퀴로 긁어주며 살아온 날들이
입술 깨물게 한다오

내 하나뿐인 하늘이여
못 다한 사랑 땅속에 품는 그날까지
쳇바퀴의 심장 갱신하며
우리 영원토록 사랑하고 삽시다

# 돼지꿈

돼지우리 들썩이는 시골농장
돼지 장난기에 꼬리표가 붙어 다닌다
입맛 다시지 못해 꿀꿀돼지
덩치 값 치른다고 꿀꿀돼지
"아뿔사!" 하늘로 올라간 돼지
상차례로 비나이다 절한다
뇌물로 입가심한 돼지가 말한다
호랑말코 필요 없고
어림없소 꿀꿀돼지
돼먹지 못한 놈 얼레리꼴레리 했다고
돼지 불알 잡으려다
탱탱한 처녀 가슴 잡고 얼싸둥둥댄다
돼지가 꿀꿀돼지
내 꿈꾸는 날에는 다 돼지

# 사랑의 이론

축대를 쌓아 둔
법 앞에
사랑도 축대를 쌓아
법을 굴복하고자 할 것입니다

구속하는 법 앞에
사랑이 자유로워 싶어 하니까요

사랑으로 축대를 무너뜨려도
법이 옳은지
사랑이 옳은지
사랑에 감전되다가도
법 앞에 가슴을 내밀어 줍니다

때로는 구속이 된
사랑이 아름다운 법이니까요

법과 사랑은
축대를 나란히 쌓은 것같아도
법은 이미 손질된

경계선이고
사랑은 영원할 것 같아도
손질해 나가야 할 사랑이니까요

# 쌀 두 가마니면 겨울 간다

쌀 몇 가마니 땅으로 뿌렸을 것이다
쌀 한 톨 줍지 못하는 추위
아궁이에 장작개비를 쑤셔댔을 것이다
기습 한파에 불어 닥친 추위
쌀 몇 대 아궁이에 부글부글 끓어오른다
솥단지 박박 긁어대는 텔레비전 앞에
등 돌린 사람 딸랑딸랑 구세주가 불러 세운다
숱한 사연 남남이 될 수 없는 겨울
쌀 한 가마니쯤 뿌리고 봄으로 향한다
구들장 꺼진 골방 사람들 기뻐라
하얗게 눈 지새우며 뒷걸음쳐 봄으로 향한다

# 정월 대보름

달 속에 토끼가 산다고 누가 그랬을까
만삭이 된 달 자궁에 토끼는 없는데 누가 그랬을까
달 달 소원 빌면 달님도 약 효력이 있다고 누가 그랬을까

사람 속 꿰뚫어 보는 달님 눈치 챌 만하면 커지지
둥지 튼 달나라 예상대로 술렁이는 은하계
수억만 계의 별무리가 우주 궤도의 이탈로 반짝인다
비둘기 별자리가 경호를 맡은 채 달이 두둥실 떠오른다
저 둥근 자릿길 가듯 오순도순 살자는 기회에 구도
우주에 비밀 털어났다고 전화를 잡을세라
달 달 우주까지 뻗으려는 주문 외우고 또 외웠다

하느님도 이웃 될 수 있다는 그 믿음부터
부처님도 친구가 될 수 있다는 뉘우침까지 엿보는
저마다 부둥켜 잡은 술래잡기

산등성이 타고 오르는 달님 보자마자
도깨비불 날고 들판에 쌓아둔 볏짚 타오른다
미처 달아나지 못한 달님 걸려들면서 달 달 외쳐댄다

# 떫은 맛

떫은 맛 겨울 앞마당에 주문일 것이다 하얗게 눈 내린 도
시는 숨겨진 맛 자체를 맛보려는 몸놀림 샹송이 톡톡 다독
거리는 카페는 떫은 맛 없애려는 소파 푹신한 발장단의 숨
결 진토닉 몇 잔으로 절정에 이른 도시와 같다 분명 고조
되지 못한 분위기 그 맛에 쏙쏙 빠져든 사람만이 떼쓰는
발길로 뿌드득뿌드득 설익은 맛을 즐긴다

살결 에이는 바람에도 녹일 수 없는 맛
자태의 숨결 간직한 이성의 맛
눈 덮인 고향길 가는 맛
옆구리 한 칸 시리지 않도록 맛보려는 설익은 맛

# 형광등

천장에 걸려 있는 물체는 비행접시
우주정거장이라 착륙해 있다
매일 밤 스위치를 켜고 넷 평 남짓 우주선을 탄다
선명한 빛으로 열을 가한 우주선
내부에너지에 충전하여 떠날 채비 서두르는 여행길
우주복을 입으려고 물기로 오염물질을 씻어낸다
우주복으로 갈아입고는 매트 위로 눕는다
우주선을 작동하는 순간 사방이 암벽에 둘러싸이고
몇 차례 암벽과 부딪치고 지구를 떠나간다
산소량이 부족한 우주에는 숨소리가 가빠진다
칸칸이 설치한 내부에서 영사기가 한없이 돌아간다
숭숭 뚫리지 못한 내 밑그림의 부활도
발 디딜 자리 없이 거미줄처럼 엉켜 간다
우주에 별이 반짝여 내 몸에 날개 달아주는 힘
늘 그랬듯이 우주선이 궤도를 이탈한다
우주에서 광채는 볼 수 없는지 지구로 되돌아온다

# 설레임

어디서부터 설레임은 시작될까요
내 가슴 살며시 바람에 흔들리는 것은
푸른 하늘에 떠가는 구름이 있기 때문입니다

구름옷 입고 날개 단 사람이
어느 날 내 앞을 스쳐 지나가도
설레임은 시작됩니다

눈부신 햇살에 눈감고
그 사람이 영원한 행복인 것처럼
시원한 바람과 같다고
바람에 흔들리는 낙엽과 같다고

저마다 생각이 다르지만
그 사람의 옷자락 잡는 것만으로
아마 설레임은 오지 않을까 생각됩니다

그러다 눈길 마주하면
눈화살 가슴 한 곳에 사랑으로 꽂혀
설레임은 시들시들 말라 버리고
장작처럼 타오르는 사랑 시작되지 않을까요

# 낙엽

산길로 접어들면
바람의 매질로
나뭇가지는 쭉쭉 훑고 있는
나뭇잎

새가 되어
날아갈 때를 아는지
딱새가 날아와
제 새끼모양 나뭇잎 투툭

소슬바람에
한없이 떼어냈을
햇순
새가 되어 떨어진다

# 눈 없는 겨울

흐린 하늘에 한바탕 소리칠 것 같아도 빙벽에 부딪친 심화 (深化)의 겨울 순백의 세상 꽃피지 못해 잿빛으로 닫아 버린 하늘 발붙이지 못한 들판에 후여후여 새는 소리 들릴 듯 그 옛날 길게 머리모양 한 초가지붕에는 핀 꽃은 박이 얽히고 설킨 세상 주머니를 달았다 장작불 피운 구들장엔 끼니 거른 일이 다반사였지 누더기 꿰진 홑옷으로 결빙된 하늘 틀어막고 자랐는데 그 해 눈밭에 찍힌 발자국 불도저로 밀어붙이고 수십 채 건물 솟아오른다 하늘로 숨구멍 낸 도시는 겨울과 소통이 분분한지 텔레비전이 거들먹인다

"하늘 먼 나라에는 눈 만드는 공장이 많이 있는데 요즘 경기가 안 좋아 눈공장이 거의 부도나 망했지 뭐야 눈을 뿌릴 수도 없고 만들 수도 없데"

"겨울인데 여태 뭐 했어 눈송이 만들지도 못하고 바보 나도 힘들단 말이야 그 누구도 믿지 않을 거야"

벼랑 끝 추위에 내몰린 경기 호전될 기미 보이지 않는다 온 세상 눈송이 날리면 바위틈에 움츠린 추위도 원망 섞인 가슴의 빙벽도 눈꽃으로 피어나 심장마사지 한다 저 하늘

올려다보면 귀 열리듯 요구하는 사랑도 많고 서터 눌러 간
직할 사랑도 많고 가난 속에 부여잡는 사랑도 많다


허락하지 않은 가늠한 눈길 그 위상 달려가는 미끄럼판
몸소 얼음장으로 채워야 했던 미끄럼판
몸수색의 바람 기침소리로 쩡쩡 울리던 미끄럼판

# 부친

가로등도 길 잃은 밤 마을 곳곳이 어둠에 휩싸여 갔다 갈
곳 없는 시간의 귀한, 위험수위에 차오른 밤은 한시도 가
만히 있지 못해 허공에 발길질이다

한낮에 날던 새는 어디로 가고
논에 울어대던 개구리는 어디 숨었는지

초저녁 마을 사람들과 술잔을 비운 부친의 행방은 찾지 못
하고 새벽을 거른 채 날이 샜다 세상에서 긴 밤을 보낸 아
침은 비를 뿌린다

마을 어귀로부터 떨어진 논바닥에서
부친이 쓰러져 있다는 구급차 소리가 들린다

환영받지 못했거나 서럽던 눈물도 탈진하고야 말 것 같은
그 외로움도 가난한 자들과 술잔을 재 왔던 깊이는 부친의
아름다운 꽃말을 들을 수 있다 남에 일로 들리던 안팎의
술잔 경고 없이 쓰러진 하늘, 장맛비의 천둥소리를 흐느껴
듣는다

부친의 고향 가는 길은 꿈에서나 보았을까
저 빗소리에도 철조망으로 막힌 가슴에 자유를 넘나들었
는지도 하늘이 알지 못한 내 눈에 안약을 바른다

해마다 6월은 가슴이 숙연해진다
오늘처럼 구름이 날개 다는 날에는 기록에 남은 일기장에
들어가 술잔을 기울인다

# 심상

숲 속 웅어리진 날부터
화강암 같은 바위덩어리 하나 깨지 못해
절벽에 갇히고 말아야 했던 시간들

떨어지는 낙엽을 보았고
낡아 빠진 거지 옷을 보았고
내 등짝을 때리는 하늘을 보았다

고요를 깨는 빗소리만
저 하늘 절벽에서 소리칠 뿐
산짐승처럼 소리치고 싶었던 숲 속

정작 할 말은 가지 끝에 매달려
실바람에 그네를 타니
기나긴 밤도 잠잠하게 긴 호흡을 한다

# 시골길

아스팔트 도로 짤려 나간 길로 달려간다
흙 돌멩이 골라 채워 넓힌 길
감나무 보호받고 옆집으로 기댄 길
논밭 메우고 산 깎아 닦은 길

돌멩이 차이는 길로 접어든다
배고파 무 뽑아 먹던 밭을 지나간다
냇가에 멱 감고 피라미 잡던 시절 회상한다

숨 돌리지 못한 꼬부랑길
차바퀴 불이 붙어서 달려간 길
흙먼지 꼬리에 꼬리 물고 도착한 길

시냇물 소리 산속에 새어 나오고
풀벌레 소리 교전을 치른다
대문 소리 삐거덕 초인종이 울리고
펌프로 씻어낸 밤 세숫대야에는 별이 떨어진다

# 까치와 까마귀

같은 과에 속하는 데도 날개 단 것이 다르다 길조와 흉조
로 엇갈려 부리로 쪼는 까마득한 무리들 촘촘히 친 그물망
에도 까치는 빠져 나와 켜켜이 날개 단다

까치의 날갯짓으로 농부에 달아오른 땀방울
목마른 갈증인 줄 알았다면
속히 뱃속 비우고 떠나지 않았을까
배부르지 못한 가난한 밭에 까치도 무심하지
배 밭이 까치의 잔칫집인 양
길조라는 명성답게 부채춤 추며 놀다 간다

겁 없이 짓밟아 놓은 까치 나들이는 그 까마득한 옛날 호
랑이가 산속에 살면서 전하던 옛말 잊어버린 게지 겉보기
에 멀쩡하게 내통한 길조의 새였지 나뭇가지에 오르면 푸
드득 날갯짓으로 잎새 툭툭 떨구어 하늘 자락으로 날아가
흰구름 물어다 준 아침의 새였지

하늘에 날벼락이지 까치가 도둑질하는 새라니
관찰하지 못한 새들로부터 쫓겨 다니는 배밭 주인
가히 놀래 일손이 잡히지 않는다

김병찬 시집

오로지 배를 보호하겠다고 꽹과리 쳐댄다

까마귀 닮은 까치의 궁합, 시꺼먼 새의 작용하는 변수, 배
의 하얀 속살을 까치는 쪼아야 하는지 타협 없는 배를 감
싸고 돈다 까치는 쌕쌕이 날갯죽지 치료법이 없다 아침마
당에 깃털 날리어 배밭 주인 기를 꺾는다 까치가 울면 손
님 오기는커녕 옛말이 무색하게 적기 출현으로 배밭 주인
배앓이를 한다

제4부

# 사랑의 날개

사랑의 계절이 날개를 달았다
어디서 부는 바람일까
겨울나무에 매달려 흔들어대는
한결 후련해지는 애무의 가슴
서산 천수만 가창오리떼의 군무로 출렁여라

바람꽃으로 펼치고 있는 날갯짓
자유의 품에서도 망설인다
가질 수 있는 사랑은 움츠려 있고
숨길 수 있는 상처는 아물지 않는다
엄동의 바람에도 날개를 가른다

젊음은 설레임과 비상이다
수시로 이동하는 바람꽃의 경계에서
추락하지 않는 삶을 찾아서
날고 싶은 기쁨 채울 수 있는
천수만 가창오리떼의 군무로 출렁여라

# 연정

구름에 씨앗을 뿌린 열매
추곡이 끝난 들판
희뿌연 하늘 말끔히 씻어
깔아 펼치면
구름꽃에 피어난 얼굴
사랑은 탱탱한 열기구 풍선
구름 속 허둥대는
싸한, 심장 뛰는 소리

# 낙엽따기

바람의 서슬이 꽃잎을 떼어 내려고
산자락을 더듬는다
단풍잎 너울대는 산봉우리를 넘보려면
오리주둥이처럼 쭉 내밀어 봐
심상치 않은 세상 위에
너의 세상도 입 맞추어 줄 것이다

계절의 풍성한 것들
단풍잎 따서
가슴에 달아 놓으니
하늘의 넓이가 보인다

칙칙한 세상
눈 깜박이듯 시들어가지만
하늘도 청청
산도 청청
사는 것이 낙엽따기가 아닐까 싶다

# 순대국

그 집의 별미 순대국에 소주는
가슴 속 암반층을 깎아낸다
몇 잔의 술이 꼬인 한을 풀지 못해도
거듭나게 하는 일상의 속맛
반란을 일으켰던 돼지 합창소리를 듣는다
끓어오르는 맛이 가슴을 끓이듯
엉켜 있는 맛을 찾는다

속살로만 비며 만들어 낸 일상
내 체질은 꼬여 있는 돼지곱창 맛이 아닐까

한 잔 술로 혼자 감내하는
두 잔 술에 매만지는 가난함
석 잔 술에 절정에 이르는 가슴
속을 훑어 내린 잔에 고해를 마신다

그 허름한 집의 순대국
삶에 응어리진 한 부분 더 넣어서
국물 맛내지 않았을까
그 맛집에 가면 확 풀리는 맛이 전해진다

# 공처가

아내가 시장바구니를 잡았다
평상시 주문 외면할지라도
오일장 섰다 하면 아내의 손저울이 바빠진다

아이들 간식이 극에 달한 팽창인지
소홀히 할 수 없는 월급봉투
아이들 배꼽시계의 준비물이라면
심폐 호흡은 하면서 살아야 한다고
신경 쓰는 아내의 손저울
집에서나 시장에서나 참새노릇 단단히 한다

장바구니는 거대한 뱃속
뱃속이 사물놀이하자고 꿈틀댄다
소라, 꼼장어, 멍게, 해삼, 주꾸미
오일장 단 봄날의 잔치를 누가 막겠느냐

아들아 장바구니를 열어라 뚝딱
네 아버님 알겠습니다 뚝딱
안방에서 날아오는 카랑카랑한 독침
"시장바구니에 먹을 것 장에 두고 왔다"

김병찬 시집

장군감인 자랑스러운 아들아
나는 너를 믿지
찍소리 못하는 대장부의 심경
너도 커서야 알게 되겠지
엄마한테 가라
가서 목에 때 벗겨야 한다고
등짝에 거머리처럼 착 달라붙어라, 얼른

# 보석 같은 아침

하루가 시작되는 것은 보물 캐는 일입니다
하늘 폭 넓게 퍼트린 아침
새들이 씨앗을 뿌려
구름 위에 꽃을 피우고
꽃들이 자유롭게 낙화합니다

보물 상자 열어 놓은 하루가
꽃들의 향기 피어난 한 달처럼
햇살 가득 퍼지는 일 년이고 싶습니다

빛으로 가꾸는 무대
섣불리 하지 않으려 인사합니다

내 이웃의 기쁨이
내 집 문턱으로 들어와
내 직장에 나눔으로 되돌려 주는
가슴 활짝 연 아침
몸을 나비처럼 세우며 시작합니다

하루의 광야가 벌판 같아도

하루치 금가루를 캐어
날마다 한 달치 금덩어리 만드는
활기 띤 빛의 무대
보석으로 둘러싸인 하늘로 나섭니다

# 바람의 노출

바람이 바람을 따라가
벽을 허물어뜨린다
걷잡을 수 없는 바람
겹겹이 입은 옷도 바람에 벗는가 하면

물결치는 바람도 파도 사이에서
사랑의 문지방도 안방 사이에서
바람과 바람 사이에
심화되어 가는 노출

거듭나는 실체는 두렵기도 하여
냇물은 졸졸졸 강으로 흘러들고
강은 굽이굽이 돌아 바다로 들어간다
물과 물 사이에서 바람을 일으켜
냇물이 넘치고 강이 터진다

바람 속에 용수철이 있고 지남철이 있다
붙어야지만 스프링처럼 튀어야지만
이성의 바람도
바람의 노출로 시작된다

김병찬 시집

그 용수철은 다시 힘을 얻어
바람의 압축으로 표적을 향하고
총탄은 겨누어 사랑에 심장을 쏘게 된다

# 단풍잎

그녀의 매력에 붉게 물들어 간다
별을 가슴에 단 장군처럼
나뭇가지에 매복해 있는 공수부대처럼
사랑하지 못하면
절벽으로 뛰어내리라고
별을 단 부대는 산을 에워싸라고
지시한 여단장 같았다

그녀의 명령에 비밀문서를 숨겨야 했다
가을빛으로 찾으려는 암호
자백하지 못한 사랑의 암호
떨어져 나가는 가슴 한 칸이 공허하다

그녀가 단 화려한 훈장은
모든 대상의 눈요기인 계급장과 같았다
암호 하나 숨기려다 들킨 가을
비밀문서 하나 내주며 떠나는 가을

공수부대는 낙하한다
사랑 찾아 떠난 부대는 철수하라고
바람의 길을 걷는다
그녀의 날개옷을 그 후로 보지 못했다

# 북두칠성

하늘이 예전 같지가 않습니다 새까맣게 타 버린 하늘 지금
이라도 당신을 만날 수만 있다면 불꽃은 지상으로 올라가
별이 되어 반짝일 것입니다 하늘이 기형적으로 변한지 오
래, 사람들이 메말라 가는 이유를 당신에게 묻고 싶지만
별이 떠나고 나서 당신도 떠나갔습니다

혼자서도 살아갈 거라고 어린 나에게 말한 바 있지만 외로
움에 길들어진 우린 별을 세는 가난한 사람들입니다 사는
게 지쳐갈 때 위로해 줄 사람은 오직 유일한 당신 사랑일
것입니다 어릴 적 내가 살던 시골마을은 별들로 가득 찼습
니다 지금은 잘 보이지 않고 그때 별은 나의 추억입니다

아빠
별은 반짝이고 있어
우리가 가지고 싶은 희망이란다
별이 되기 위해 노력하고 있지

나
아빠 저 별이 보이는 하늘 아래는
어디쯤 될 것 같애

와 되게 멀겠다 아빠 그치

아빠
저 곳은 아빠가 살던 황해도 안악
고향 마을쯤 될 거야
지금은 갈 수가 없단다
빨리 통일이 되어야 하는데

나
아빠 통일이 뭐야
우리 유치원 아이 중에
통일이라는 이름이 있는데
그거구나 아빠 맞지

그때 아빠 눈에 별이 보이고 별이 반짝이다가 떨어지는 것
을 보았습니다 우리가 숨 쉬는 행복은 멀리할 수 없는 가
족이었던 것입니다 그때 아빠가 들려주던 자장가 노래를
회상하면 파악하지 못한 눈물이 흐릅니다 그 눈물은 쉽게
노출되어서도 안 되므로 우리는 별을 세는 사람들인 것입
니다

# 열쇠구멍

우뚝 솟은 건물에 다닥다닥 붙은 집
집이 멀다 하여도 나는야 가야지
악다구니여사 잔소리 하는 곳 찾아가야지
전망 탁 트여도 집값 오르지 않는 도시
구조는 같아 번지수 잘못 판단하다 가는
이웃집 문을 두드리기 십상이다

쇠고랑 채운 철대문 앞에 이르면
겨울 강가의 얼음장 같아
스케이트 신고 걸음마 타다 왔는지
두 다리가 풀린다

눈 씻고 찾아도 보이지 않는 열쇠구멍
술독이 오른 밤에는 종종 갈피를 못잡는다
발길로 차면 대문짝이 열릴까

번지 틀린 호수는 밤공기가 매섭다고
계단참에 불 켜 있다고 현관등이 깜빡인다
변덕스런 술기운이 계단 하나를 두고
불이 켜졌다 꺼졌다 쇼를 한다 쇼를

# 흐르는 강물 위에

빗물이 고인 하늘 보고
얼마나 많은 사람들이 가슴을 씻어 냈을까

간직한 추억 따라
잃어버린 아픔 따라
세월에 강은
좁아진다거나 넓어진다거나
그 푸르름 위에 강물도 흐르고 있다

빗물이 전하는 말
바람이 전하는 말

씻을 수 있는 것이 강물이라면
빗물은 더 이상 괴롭히지 않았을 것인데
강물도 맑게 넘쳐
사랑도 함께 넘치면 좋았을 것을

# 들리지 않는 유언

세상을 보는 두 눈은 그 것이 아니었다
세상이 달라지지 않는 이상
재잘거리는 틈바구니에도
좁은 문틈 사이로 비추는 햇살의 질책도
두 눈 가릴 수 없는 행복이지만
빗장뼈를 갈아내는 통증은 맏이 몫이었다
뿌리 깊은 나무는

뿌리 얇은 나무에 쓰러져 갈 뿐
등골 사나운 모친 뒤에
발 빠른 행동을 지켜보았다
거꾸로 가는 행로
결코 쓰러지고 나서야 떠밀린 책무
세상에 눈물이 무엇인지
뭉텅뭉텅 썰어 가는 인생길이 무엇인지
욕심의 몫 다 털리고 나서야 알까
가슴 문지르는 세상 너도 알 때가 있을 것이다

# 구름

산 속에 나무가 구름을 받치고 있다
집단 서식이 싫었는지 구름끼리 사투를 벌인다
나뭇가지에 찢겨 속앓이하던 구름이
산 중턱 사찰에 닿아
풍경(風磬)을 두드리며 참선할 채비를 한다
까마귀 날갯짓이 구름몰이로 산그늘을 밀어낸다
푸득푸득 새떼처럼 날기도 하고
때로는 까마귀처럼 쫓겨 가야 하는
도시와 산이 맞물린 나무뿌리
물기둥으로 솟아올라 하늘로 승천한다
복면한 바람이 빗줄기로 내리친다
햇살이 집을 말리고 새들이 날개로 부채질한다

95

# 통닭

날개를 펼쳤다
내 몸의 무게 다는 날에
졸지에 술잔이 날 부르는 줄 몰랐다
마시고
날아야지

수리 수리 마수리
독수리의 날개
술이 술이 마술이
닭이 부르는 줄 모르고 마셔댄다
꼬꼬닭
뜯어야지

마법사도 불러라
독수리도 불러라
두꺼비도 불러라

술잔 더하기 그림 한 판
새 세 마리 찾아볼까
날다가 내 몸 떨어지는 줄 몰랐다
수리 수리 참수리

# 7080추억

10대의 금잔디는
강물 따라 급류에 휘말려
굽이굽이 돌아 범람한 뒤안길
카세트 틀어 놀던 옛 시절 떠올린다

컴백
펑키타운
바빌론의 강
섹시 뮤직

생각나냐
모자 빼딱하니 쓰고
나팔바지에
돌격대처럼 우루루 나와

허슬
군바리춤
피노키오춤
다이아몬드춤

깡충깡충 뛰고 비비고 돌다
지치는 천상의 율동
나이트클럽에서 담배 꼬나물고
사랑을 찾던 그 노래

# 낙엽 쓸기

나뭇잎이 떨어질 때쯤
사람 몸에는 빗자루처럼 느껴진다
줍지 못해 떨어져 나가는
쓸지 못해 바람에 뒹구는
편식을 하는 몸에
소화불량인지 몸살기가 든다

나뭇가지 흔들어대는
본능 앞에
무기력하게 떠나는 잎새들
소재지 불명의 허탈한 기분 남겨놓고
위세를 떨며 날아간다

맨땅 바닥까지 쓸어 버리면
떠날 것 같은 가을
쓸지 않고 내버려두면
외로움 호전될 것 같은 겨울
계절과 계절의 앞마당 사이에서
빗자루는 낙엽을 쓴다

# 새타이어의 신선미, 새로운 이미지 전개

홍윤기

일본센슈대학 대학원 국문학과 문학박사
한국외국어대학 [한국시] 담당교수
국제펜클럽 한국본부 고문

김병찬 시집 원고를 거듭 읽어보았다. 결론부터 밝히자면 새타이어의 신선미가 넘치는 가운데 때묻지 않은 현대시의 새로운 이미지가 전개되는 주목할 만한 시작품들이다. 앞으로 조금만 더 시어를 탁마해 나간다면 한국시단의 큰 시인으로 현대시 발전에 기여할 것을 예감하게 되었다. 요즘 흔해빠진 유형적인 시세계를 벗어난 자기 하나의 독자적인 바람직한 독자적 시세계를 형성시키는 데 진력하고 있다고 보았다.

"시인은 많아도 시다운 시가 드물다"는 세상의 소리가 귀 아프더니 나는 김병찬 시집에서 큰 기대를 걸기로 했다. 물론 그의 시 모두가 수작이라는 것은 아니다. 세상의 명시인들에게도 얼마든지 타작도 있는 법. 그런 견지에서 좋은 시를 중점적으로 읽어보기로 하자.

에즈라 파운드의 명언인 '가능한 최대한의 의미가 담긴 언어'를 적극적으로 입증하고 있는 것이 새로운 현대시라는 것을 떠올리며 우선 김병찬 시 〈파도〉를 감상해 보자.

거대한 파문이 열린다
물결의 건반이 거침없이 퉁겨져
암초를 깎아낸다

비린내 나는 바다의 손질이 자유를 시원하게 부른다

찌들어 있는 도시의 탈출구
바다의 다리를 붙잡아 오라고
먼지 가득 뒤집어쓴 파도가
도시의 머리를 툭툭 친다

꽃 같은 세상 가꾸어 놓으라 부채질한다

저 산보다 높은 파도를 보고 싶었고
바닷가 모래알에 정겨움을 걷고 싶었고
맥박 뛰는 그리움의 심장에 알을 낳고 싶었고
못다한 말들…
갈매기 끼룩끼룩 파도에 인사하고
바닷물이 쓸려 나간 갯벌에서
심장 뛰는 소리가 난다는 것을 알았다

도시를 밀어 올린 바다
나와 바다도 한 몸이 되었다
파도의 이웃도 뭍과 물의 경계에서 출렁이는 것일까

파란 점 하나 빠트리고 살 때는
도시의 바다를 탈출하고 싶다

― 〈파도〉 전문

〈파도〉는 우리 모두에게 새삼스럽게 일깨워 주고 있는 참신한 현대 한국 신서정시(新抒情詩)의 가편(佳篇)이다. 늘 내가 대학 강단에서 학생들에게 강조하는 것은 현대시의 생명력은 이미지의 발랄한 전개 과정에서 눈부시게 꽃핀다는 점이다.

그러나 항상 답답한 것은 수많은 시인들이 이미지가 아닌 스토리(story) 제시를 마치 시인양 착각하고 시가 아닌 이야기를 시 대신에 시 행간에다 나열하고 있다.

그러기에 김병찬에게서 이야기 아닌 노래를 예시하련다. 즉, "거대한 파문이 열린다/ 물결의 건반이 거침없이 퉁겨져/ 암초를 깎아낸다// 비린내 나는 바다의 손질이 자유를 시원하게 부른다// 찌들어 있는 도시의 탈출구/ 바다의 다리를 붙잡아 오라고/ 먼지 가득 뒤집어쓴 파도가/ 도시의 머리를 툭툭 친다// 꽃 같은 세상 가꾸어 놓으라 부채질한다"(전반부)는 노래가 새로운 파도의 시다.

좀더 구체적으로 지적하자면 이상, 살펴보았듯이 시는 전혀 이야기가 아닌 노래를 쓰는 일이다. 이야기는 수필이나 소설에서 다루는 문학적 언어 표현 방법이다. "도시를 밀어 올린 바다/ 나와 바다도 한 몸이 되었다"(후반부)는 것은 곧 파도의 시의 새로운 이미지, 곧 마음 속에 떠오르는 그림인 심상(心象)이다.

그대는 나의 벗
태평양 바다를 건너왔을 거야
내 생애 항변하는 절규로 날 구하러 왔을 거야

오장육부가 진공상태에 이르러 뜯겨져 나갈 때
온갖 싸맨 짐 너의 등짝에 실어주는 생을 보았지
수명 긴 벗으로 인정받을 만하다
벗이란 아무나 될 수 있는 자격이 아니지
토끼를 비유하자니 눈치 빨라 도망 다닐 것이고
호랑이를 비유하자니 물어뜯기를 좋아할 것이고
늑대를 비유하자니 못 잡아 먹어 안달이 날 것이고
벗이 될 수 없기에 헐뜯고 도망가는 것 봐라
벗은 보도블록 깔아 논 거북이 등짝 같아 길이 편하다

먼 시간 걸어왔다
스스럼없이 머리 쳐든다
기댈 수 있는 등짝이라 거북하지 않고 한결같다

토끼처럼 귀 쫑긋 약삭빠른 놈과 친구할래
호랑이처럼 우락부락 험악한 놈과 친구할래
늑대처럼 언제 돌변할지 모르는 놈과 친구할래
벗 하나 만나 만고의 세월 간직하기 쉽지 않다
곰팅이 같고 느릿느릿해도 내 생애 최고의 나의 벗

— 〈거북이〉 전문

김병찬은 〈거북이〉의 심상(心象)을 "그대는 나의 벗/ 태평양 바다를 건너왔을 거야/ 내 생애 항변하는 절규로 날 구하러 왔을 거야" 하는 오프닝 메시지를 노래하며 이렇듯 활달하고 새롭게 거북이의 이미지를 전개시키고 있다. 놀랍다.

이미지라는 말은 본래 영어가 아닌 라틴어에서 생긴 낱말이다. 지금의 영어가 된 이미지(image)는 라틴어의 이마고(imago)가 그 모어이다. 라틴어로서의 이마고는 흉내내기(copy)라는 뜻을 가졌다. 또한 이마고는 영어의 이메진(imagine/ 상상한다)이라는 단어와 이메지네이션(imagination/ 상상/ 상상력)이라는 낱말도 만들어 주었다. 그러므로 시는 마음 속으로부터 떠오른 느낌을 이미지로써 묘사한 시언어의 표현, 즉 노래를 말한다.

"먼 시간 걸어왔다/ 스스럼없이 머리 쳐든다/ 기댈 수 있는 등짝이라 거북하지 않고 한결같다"(제3연)처럼 시언어의 표현상 가장 큰 특징은 운률(리듬)을 가져야 한다는 점이다. 이것은 곧 노래의 형식이다. 그러기에 근본적으로 시는 노래가 바탕이다. 그럼에도 불구하고 자꾸 노래가 아닌 이야기를 늘어 놓는다면 시에 대한 무지의 소치이다.

여기서 주의할 것은 참다운 가치 있는 시는 지금까지 다른 시인들이 전혀 다루지 않은 새로운 제재이거나 소재의 빛나는 이미지의 신선한 시작업이다. 그것은 곧 한국 현대시를 발전시키게 될 것이다. 그럼에도 불구하고 대부분의 시가 개성이며 독창성에서 벗어나고 있다. 쉽게 말해서 다른 시인에게서 이미 발표된 소재나 제재를 다루고 있다. 그것은 큰 문제점이 아닐 수 없다. 시는 반드시 새로워야만 한다.

다음의 시 〈간판〉 같은 새로운 한국 현대시를 독자들은 본 일이 있는가고 묻고도 싶다. 읽어보자.

도시는 화려한 문구들로 빽빽이 차 있다
발광하는 네온사인은
건물 벽 허공을 돌며 깜빡깜빡 사인을 보낸다
후끈 달아오른 도시 일대는
깜빡이는 거리의 눈 잡아오라고 한다
섭씨 온도 100도의 눈불
삭제 불능 빨간 불이
건물 벽을 타고 들어간다
진돗개 2개 공습경보를 발령한다
쌓아둔 속앓이가
도시의 턱을 깎고 나섰다
한 가닥 노는 불빛
의식의 광채, 숨통 열어 보라고
지난 밤 겨우 달랬던 시간이 반짝인다

— 〈간판〉 전문

이상에서와 같이 시가 새롭다고 하는 것은 독창성을 갖고 있는 일이다. "도시는 화려한 문구들로 빽빽이 차 있다/ 발광하는 네온사인은/ 건물 벽 허공을 돌며 깜빡깜빡 사인을 보낸다/ 후끈 달아오른 도시 일대는/ 깜빡이는 거리의 눈 잡아오라고 한다/ 섭씨 온도 100도의 눈불/ 삭제 불능 빨간 불이/ 건물 벽을 타고 들어간다"(전반부)는 풍자의 세계는 참으로 새로운 도시의 현대시다.

한 편의 시를 세상에 내놓는다는 것은 자기 자신의 분신을 남들에게 보여주는 행위이다. 그 사람의 시는 바로 그 시인의 또 하나의 생명체이다. 자기 자식을 세상에 탄생시켜 보여주는 것과 결코 진배없다. 남의 시를 흉내내고 모작하는 처사는 자기 자식을 남의 자식의 모습으로 문단에 공개하는 낯 뜨거운 처사이다. 남들이 모를 줄 알고 시의 한 부분이라도 슬며시 남의 시의 표현을 옮겨 오지만 그것은 매우 어리석은 일이다.

김병찬의 새로운 시를 이제 독자 여러분은 새로운 시로써 이해할 줄 안다. 그의 시를 좀더 자세하게 읽어보자.

아내가 시장바구니를 잡았다
평상시 주문 외면할지라도
오일장 섰다 하면 아내의 손저울이 바빠진다

아이들 간식이 극에 달한 팽창인지
소홀히 할 수 없는 월급봉투
아이들 배꼽시계의 준비물이라면
심폐 호흡은 하면서 살아야 한다고
신경 쓰는 아내의 손저울
집에서나 시장에서나 참새노릇 단단히 한다

장바구니는 거대한 뱃속
뱃속이 사물놀이하자고 꿈틀댄다
소라, 꼼장어, 멍게, 해삼, 주꾸미
오일장 단 봄날의 잔치를 누가 막겠느냐

아들아 장바구니를 열어라 뚝딱
네 아버님 알겠습니다 뚝딱
안방에서 날아오는 카랑카랑한 독침
"시장바구니에 먹을 것 장에 두고 왔다"

장군감인 자랑스러운 아들아
나는 너를 믿지
찍소리 못하는 대장부의 심경
너도 커서야 알게 되겠지
엄마한테 가라
가서 목에 때 벗겨야 한다고
등짝에 거머리처럼 착 달라붙어라, 얼른

— 〈공처가〉 전문

　　문명비평적, 해학적, 풍자적 경향의 시로써 신선하게 새
타이어하고 있는 생활문화 변화와 저항 의식이 눈부신 명
편이다. "아내가 시장바구니를 잡았다/ 평상시 주문 외면
할지라도/ 오일장 섰다 하면 아내의 손저울이 바빠진다//
아이들 간식이 극에 달한 팽창인지/ 소홀히 할 수 없는 월
급봉투/ 아이들 배꼽시계의 준비물이라면/ 심폐 호흡은
하면서 살아야 한다고/ 신경 쓰는 아내의 손저울/ 집에서
나 시장에서나 참새노릇 단단히 한다"(1~2연)는 시 속에
는 가식없는 삶의 진실이 승화하고 있다. 시란 반드시 난
해하고 어려워야 그 의미가 강하고 사유의 깊이가 심오한
것은 아닐 것이다.
　　인간의 삶이란 시인 김병찬이 노래하는 것처럼 가장 순

수한 것이다. "장군감인 자랑스러운 아들아/ 나는 너를 믿지/ 찍소리 못하는 대장부의 심경/ 너도 커서야 알게 되겠지/ 엄마한테 가라/ 가서 목에 때 벗겨야 한다고/ 등짝에 거머리처럼 착 달라붙어라, 얼른"(제4연). 이렇듯 시는 상징적 수법에 의한 깔끔한 인생훈의 시가 감동을 준다. 이런 시를 두고 고급스런 아포리즘(aporism)의 가편이라 불러주고도 싶다.

　김병찬 시인이 인생을 관조하는 진지한 자세, 거기에서 자아를 돌아보는 혜안이 번뜩이고 있다. 이와 같은 관점에서 시의 독창성을 바탕으로 하는 김병찬의 새로운 제재 내지 새로운 소재의 작품들을 살펴보며 희망찬 현대시의 내일도 내다본다.

　아파트가 나를 버렸는지 노숙할 곳이 마땅치가 않다 층계에 엎드린 내 등 위로 지하철이 지나가도 꿈쩍 않는다 뼈마디 쿡쿡 쑤시는 시간이 노숙자의 시체인양 시멘트 바닥 위에 널브러져 있고 생의 양극이 성에 낀 두 손을 꼿꼿하게 치켜들고 있다 동상에 걸린 겨울이 하룻밤 노숙할 곳을 찾는다 노숙자가 쥐고 있는 찌그러진 양은 냄비에 아득히 떨어지는 동정들, 동정에 상처받은 나의 동정이 무참히 쓰러진다 이제 지하철은 노숙자가 노숙할 곳이 아니다 오직 가진 자들의 발바닥일 뿐이다

— 〈노숙자〉 전문

　'노숙자'라는 표제가 제시하듯, 화자는 오늘의 가혹한 사회 현실을 지하도에 뒹구는 노숙자로써 설정하고 날카

로운 시각에서 현실을 강한 톤으로 고발한다. "아파트가 나를 버렸는지 노숙할 곳이 마땅치가 않다 층계에 엎드린 내 등 위로 지하철이 지나가도 꿈쩍 않는다 뼈마디 쿡쿡 쑤시는 시간이 노숙자의 시체인양 시멘트 바닥 위에 널브러져 있고 생의 양극이 성에 낀 두 손을 꼿꼿하게 치켜들고 있다 동상에 걸린 겨울이 하룻밤 노숙할 곳을 찾는다" (전반부)라고 상징적이면서 직서적(直敍的)인 묘사가 자못 현실 사회의 고통과 비정을 리얼하게 어필시킨다.

"노숙자가 쥐고 있는 찌그러진 양은 냄비에 아득히 떨어지는 동정들, 동정에 상처받은 나의 동정이 무참히 쓰러진다 이제 지하철은 노숙자가 노숙할 곳이 아니다 오직 가진 자들의 발바닥일 뿐이다"(후반부)처럼, 삶의 부조리(부익부, 빈익빈)를 날카롭게 대비(對比)시키면서, 심정적 탄광 속 같은 혹한의 지하도라는 암갱(暗坑) 속에서의 현실과 온건한 사회정의(社會正義)의 구현을 소망하는 역설(逆說) 아닌 역설(力說)을 노래하고 있는 한국 현대시의 역편(力篇)이다. 어쩌면 이렇듯 알아듣기 쉬우면서 뜻 깊은 시가 오늘의 시대에 한 새로운 전형이 아닌가 한다.

앞으로의 정진을 기대하련다.

# 독자들이 알아줄 때 감사의 인사를…

거울아 거울아
이 세상에서 제일 멋있는 사람이 누군지 말해 보아라
수리수리 얍
잘 생기고 아주 멋진 남자
양주시에 사는 병찬이라는 왕자입니다 (농담)
그래 대단하구나 잘 맞추었구나
자 그럼 나의 요술 거울로
독자들은 모하고 있는지 알아보아라
수리수리 얍
알라꺼라리 병찬이는 바보래요 바보래요
아니 모야
시집을 냈다고 사람들이 바보라고 흉보다니
망신을 시켜도 유분수지
알 수 없는 일이로다
거울이 맛이 갈 대로 다 가버렸구나
이 놈으 고물단지 없어져라
쨍그랑
이제야 살 것 같구나 근데 모 바보라구요
그럼 이 시집을 읽은 분은 바보 친구가 되는 셈이군요

모 눈에 모만 보인다고
바보에 대해 한 수 가르쳐 드리지요
(바) 바라볼수록
(보) 보고 싶은 남자라는 것을 설명하고 싶습니다
어때요 정말 보고 싶어서 독자들은 안달이 나
저를 바보로 비유를 하셨군요
그런 깊은 의미를 난 모르고 화딱지 난다고
마법의 거울을 집어 던졌으니
이제 독자들이 내 시집을 보고 감동을 받는지
시집을 보고 북북 찢어 버리고 싶은 심정인지
아까운 장면을 볼 수가 없군요
그러나 걱정 마세요
짠 (마법의 거울 등장) (번쩍번쩍)
이번에 새로 구입한 거입니다
이 거울은 화장실까지 따라가는 마법의 거울이지요
거울아 거울아 이 세상에서 말 지지리 안 듣는 사람이
누군지 말해 보아라
수리수리 얍
내 책을 보고 반응이 없는 독자들입니다
자 이래도 나를 속일 수 있다고 생각할 수 있는가요
참 부담을 주는 사람들이군요
그래도 보면 내 시집을 보는 분들은 인복이 터진 거예요

내가 얼마나 착하고 인정이 많은 사람인지 아실런지
모르시죠
자 눈을 크게 떠 보세요 그렇게 말구요 (안 되겠다)
그럼 입을 쭉 내밀어 보세요 (쪽)
바로 그거입니다
(알면서)
하기야 내가 너무 너무 사랑이 많아서
사랑이 터질까 봐 그것이 걱정되어
조심스러워 하는 마음 독자들이 알 때
전 감사의 인사를 할 것입니다
그러나 아쭈 까불고 있네 라고 거친 표현을 한다면
삭막한 바람만이 내 옷깃을 스치고 지나 가겠지요
거울아 거울아 이 세상에서 제일 못난 사람이
누군지 말해 보아라
수리수리 얍
세상이 메말라가도 웃을 줄 모르는 사람들입니다

# 하늘사랑

•

지은이 / 김병찬
발행인 / 김재엽
펴낸곳 / **한누리미디어**
디자인 / 지선숙

•

121-840, 서울시 마포구 서교동 395-13 서원빌딩 2층
전화 / (02)379-4514, 379-4519
Fax / (02)379-4516
E-mail/hannury2003@hanmail.net

•

신고번호 / 제300-2006-61호
등록일 / 1993. 11. 4

•

초판발행일 / 2009년 12월 24일

•

ⓒ 2009 김병찬 Printed in KOREA

•

값 7,000원

•

※잘못된 책은 바꿔드립니다.

•

ISBN 978-89-7969-359-1  03810